LA PRINCESA

Y LA

CERDITA

Para Caroline, que sabe ese tipo de cosas que pasan
todo el tiempo en los libros.
Jonathan Emmett

Para mi amiga María Oms, una enamorada de los libros.
Poly Bernatene

Título original: *The Princess and the Pig*
Traducción: Rocío de Isasa
Adaptación de cubierta: Elsa Suárez

1.ª edición: marzo 2013
2.ª edición: marzo 2014
3.ª edición: abril 2017

© del texto: Jonathan Emmett, 2011
© de las ilustraciones: Poly Bernatene, 2011
© de la traducción: Rocío de Isasa, 2013
© MAEVA EDICIONES, 2013
Benito Castro, 6
28028 MADRID
www.maevayoung.es

ISBN: 978-84-15532-03-3
Depósito legal: M-19.661-2012

LA PRINCESA Y LA CERDITA

Jonathan Emmett ★ Poly Bernatene

MAEVA young

No hace mucho tiempo, en un reino no muy lejano, un granjero regresaba a casa del mercado con un carro lleno de paja.

El granjero era tan pobre que no tenía caballo y tenía que tirar él mismo de su carro.

En la parte de atrás del carro iba una pequeña cerdita rosa.

Nadie había querido comprar la cerdita en el mercado,
pero al granjero le había dado pena.

-Te llamaré Cochinela -decidió, ya que le pareció un
buen nombre para una cerdita.

Era un día muy caluroso y el granjero se detuvo a descansar a la sombra de un gran castillo. Arriba, muy arriba, en un alto balcón, una reina estaba examinando a su hija recién nacida.

La reina era tan rica que tenía **siete** niñeras y no tenía que preocuparse de cuidar ella a su hija.

La reina cogió al bebé de su cuna
y lo sostuvo a cierta distancia.

-Te llamaré Clarinela -decidió,
ya que le pareció un buen
nombre para una princesa.

Un momento después, un sonido sordo y húmedo se escapó del pañal del bebé, seguido de un olor horrible.

—¡Puaj! —chilló la reina, soltando a Clarinela y corriendo en busca de las niñeras reales.

Se alejó tan rápido que no se dio cuenta de que había dejado caer a la niña...

¡...desde el balcón!

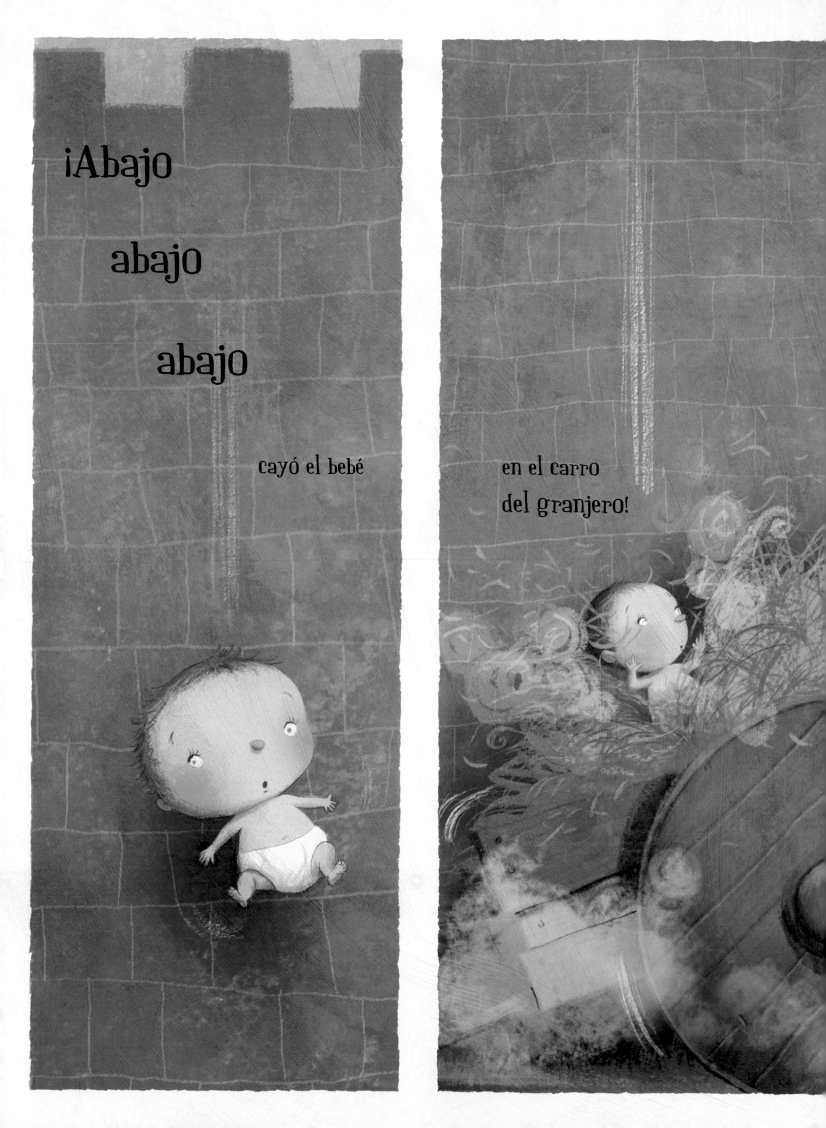

¡Abajo

abajo

abajo

cayó el bebé

en el carro
del granjero!

voló la cerdita

arriba

arriba

¡Arriba

hasta la cuna de la princesa!

Cuando la reina regresó y se encontró a la cerdita en el sitio donde debía estar la princesa, dejó escapar un chillido aún más agudo que el anterior y se desmayó en los brazos de las niñeras.

El rey pensó que él sabía lo que había pasado.

-Ha sido cosa de un hada mala -explicó-. Como no se
la ha invitado al bautizo de la princesa, se ha vengado
convirtiendo al bebé en una cerdita. Es el tipo de cosas
que pasan todo el tiempo en los libros.

Mientras, el granjero había llegado a su casa y se sorprendió al encontrar un bebé en el lugar donde supuestamente estaba la cerdita.

La mujer del granjero pensó que ella sabía lo que había pasado.

-Es cosa de un hada buena -explicó-. El hada sabe
lo pobres y honrados que somos y lo mucho que
deseamos tener un bebé, así que ha convertido a la
cerdita en una niña. Es el tipo de cosas que pasan
todo el tiempo en los libros.

Y sin darle más vueltas, el bebé se convirtió
en Cochinela, la hija del granjero.

Y la cerdita se convirtió en Clarinela, la princesa.

En poco tiempo Cochinela fue capaz de…

comer,

caminar,

y vestirse sola.

Y el granjero y su mujer pronto se olvidaron
de que alguna vez fue una cerdita.

¡Las cosas no fueron tan fáciles para Clarinela!

Pero ni el rey ni la reina dejaron que nadie olvidara
que era una verdadera princesa.

Cochinela creció,

aprendió muchas cosas,

y se volvió una niña
muy guapa,

y todos la admiraban.

Clarinela creció,

pero no aprendió
tantas cosas

ni se volvió tan guapa,

y **todos** los que la
conocían la evitaban.

Un día la mujer del granjero escuchó a unas criadas del castillo hablar de la princesa que se había convertido en cerdita.

-Es justo lo que le ocurrió a Cochinela -le dijo a su marido-, pero al revés.

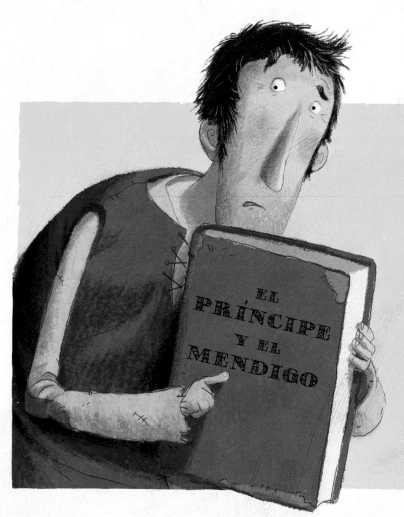

EL PRÍNCIPE Y EL MENDIGO

El granjero pronto adivinó lo que había pasado.

-La princesa y la cerdita debieron de intercambiarse en algún momento -explicó-. Es el tipo de cosas que pasan todo el tiempo en los libros.

El pobre granjero y su mujer se pusieron muy tristes. Querían mucho Cochinela, pero sabían que tenían que devolverla a su verdadero hogar.

Cochinela también estaba muy triste. Quería mucho al granjero y a su mujer y no quería vivir con nadie más que con ellos.

Pero era una familia muy honrada, así que al día siguiente se dirigieron al castillo para ver al rey y a la reina.

El rey y la reina
escucharon al granjero...

... pero ¡no lo creyeron!

—¡Qué tontería! —gritó la reina.

—¡Ridículo! —exclamó el rey riéndose—. Esta jovencita puede que sea inteligente y bonita, pero no parece ni tampoco habla como una verdadera princesa.

La reina pensó que ella sabía
lo que había pasado.

–Es un truco –declaró–. Esta jovencita es la
hija de un granjero que pretende hacerse
pasar por princesa para poder casarse con
un príncipe. Es el tipo de cosas que pasan
todo el tiempo en los libros.

El gato
con
botas

Así que Cochinela regresó a casa con el granjero y con su mujer, y se casó con un joven pastor. Vivió muy feliz para siempre jamás y nunca deseó haber sido una princesa.

Clarinela también se casó ¡con un príncipe muy guapo!
Aunque lo tuvieron que animar un poco a hacerlo.

–Un hada mala convirtió a Clarinela en
una cerdita –le explicó el rey.
–Pero cuando la beses, el hechizo se romperá y
se convertirá en una princesa –añadió la reina.
–Es el tipo de cosas que pasan todo el tiempo en
los libros –aseguraron al príncipe.

EL
PRÍNCIPE
RANA

... ese **no** es el tipo de cosas que pasan en este libro.